AF589780

23 Nov. 1903

Vente des Lundi 23 et Mardi 24 Novembre 1903

Chez Aubert, Pl. de la Bourse 29 — Imp. Aubert & Cie

Sans leur femmes.

[illegible]

À

L'HOTEL DROUOT

Me MAURICE DELESTRE — M. LOYS DELTEIL

[illegible]

Pour paraître en décembre 1903

CATALOGUE RAISONNÉ

de

l'Œuvre Lithographié

de

HONORÉ DAUMIER

par

MM. N. A. HAZARD et LOYS DELTEIL

---

1 fort volume in-8° jésus d'environ 900 pages

ORNÉ DE

140 reproductions d'œuvres du maître satirique

et d'un portrait gravé à l'eau-forte

par M. LOYS DELTEIL

CATALOGUE

D'UNE

Intéressante Collection

D'ALBUMS ET ŒUVRES ISOLÉES

de DAUMIER, GAVARNI, TRAVIÈS,

CHAM, VERNIER, ED. de BEAUMONT, etc.

Dont la vente aura lieu

à Paris, HOTEL DROUOT, Salle N° 8

Le Lundi 23 et Mardi 24 Novembre 1903

Par le Ministère de Me MAURICE DELESTRE

COMMISSAIRE-PRISEUR

5, rue Saint-Georges

Assisté de M. LOYS DELTEIL, Artiste-Graveur Expert

22, rue des Bons-Enfants

CONDITIONS DE LA VENTE

Elle sera faite au comptant.

Les acquéreurs paieront *dix pour cent* en sus des prix d'adjudication.

M. Loys Delteil remplira les commissions que voudront bien lui confier les amateurs ne pouvant y assister; il se réserve, en outre, la faculté de diviser ou rassembler les lots.

MM. les amateurs pourront visiter la collection, 22, *rue des Bons-Enfants*, du *Mercredi 18* au *Samedi 21 Novembre 1903*, de 10 heures à 4 heures.

DÉSIGNATION

Adam (Victor)

1. — ALBUM DE Ste PÉLAGIE (DETTE) Paris, *V. Morlot*, s. d. Suite complète de douze pièces et *couv. illustrée de publication* (la couv. abimée).
2. — LE CHAPITRE DES ACCIDENTS, texte par Maurice Alhoy-Bruxelles, *Haumann*, s. d. In-8° obl., *cart. d'édition*, 24 pl.
3. — HISTOIRE DE FRANCE EN TABLEAUX, SUITE DE 108 SUJETS... Paris, *Aubert*, s. d. (1831). Bel exempl. *cart. de publication*.
4. — PROVERBES EN ACTIONS. Paris, *Aubert*, s. d. Frontispice et vingt-deux pièces dans le *cart illtré de publication* (cassé).

Albums divers

5. — Albums du BON BOCK. Trois albums in-4° obl. cart.
6. — LES MÉSAVENTURES DE M. BÉTON, par Léonce Petit — LES TRENTE-SIX MÉTIERS DE BECDANLO, par Lemercier de Neuville — AVENTURES DE NESTOR CAMARD, par Quillenbois — AVENTURES DU Vte DE LA LINOTIÈRE, par A. Niger. Ensemble quatre albums cart.
7. — ALBUM DE PORTRAITS COMIQUES — AUTOUR DE LA TABLE, album des rébus, par Maurisset — LES CENT ET UN RÉBUS CHARIVARIQUES — TYPES FRANÇAIS — TYPES ANGLAIS, par Johannot, Monnier, Gavarni, etc. Ensemble cinq albums brochés, *couv. de publication*.

8. — L'ILLUSTRATION NOUVELLE, 1re année, 1er volume — Paris, *Cadart et Luce*, 1868. Quarante-huit eaux-fortes en 1 vol., in-fol. cart.

9 — PETITS ALBUMS POUR RIRE — PARIS BOUFFON — ALMANACHS DES PARISIENNES — NADAR AU JURY DU SALON DE 1853 — PARISIENS ET PARISIENNES. Cinquante petits albums ou plaquettes.

Artiste (L')

10. — L'ARTISTE, année 1839, 2e semestre et année 1840. Ensemble trois vol., in-4°, cart. renfermant cent trente-cinq planches.

Baric

11. — ANIMALIA — Paris, *A. de Vresse*, s. d. Frontispice et dix-neuf planches en 1 alb. in-4° *cart. illustré de publication.*

12. — CES BONNES PETITES FEMMES — Paris, *A de Vresse*, s. d. Suite complète ? de 1 frontispice et dix-neuf pièces en 1 vol. in-4° *cart de publication* (cassé).

13. — COMMENT ON DEVIENT RICHE — Paris, *A. de Vresse*, s. d. Suite complète de vingt pièces (y compris le frontispice) dans le *cart. illustré de publication.*

14. — LES SOIRÉES DE M. COCAMBO — Paris, *A. de Vresse*, s. d. Suite complète de 1 frontispice et dix-huit pièces dans le *cart. de publication.*

Beaumont (Edouard de)

15. — A la Campagne, pl. 1 (2 diff.) à 21 et 23. Vingt-trois pièces en cahier.

16. — Au Bal masqué, pl. 1, 2 (par Daumier), 5 à 15, 17 à 21, 23 à 34, 36 à 47. Quarante-deux pièces en cahier.

17. — Le Carnaval de 1853, pl. 1 à 13 et 15. Quatorze pièces en cahier.

18. — Croquis de Carnaval. Suite de quinze pièces en cahier.

19. — Croquis Parisiens, pl. 5 à 40. Trente-six pièces en 1 alb. in-4°, cart.

20. — Fariboles, pl. 1 à 208 (manque les pl. 23 et 24 : par contre les pl. 5, 174 et 175 sont répétées dans la série), soit deux cent neuf pièces. Belles épreuves en cahier.

21. — Fariboles, pl. 1. 1, 2 (2 diff.), 3 à 11, 13, 14, (2 pl. non chiff.), 22 à 27, 29 à 74, 77, 78, 80 à 82, 90, 92, 93 (2 diff.), 94 (2 diff.), 95, 96, 97, 98 (2 diff.), 99 à 173, 174, 175 (2 diff.), 176 à 208, soit deux cent une pièces. Belles épreuves.

22. — La Guerre des Femmes, pl. 1 à 9. Neuf pièces en cahier.

23. — Les Jolies femmes de Paris. Suite complète de quarante pièces en cahier.

24. — Naïvetés, pl. 1 à 9. Neuf pièces en cahier.

25. — *Nos Jolies Parisiennes* — Paris, *Martinet*, s. d. Trente pièces en 1 alb. in-4° *couv. de publication* (débroché).

26. — L'Opéra au XIXe siècle, planches 22 à 60. Trente-neuf pièces en cahier. Belles épreuves.

27. — Les Plaisirs d'Été, pl. 1 a 8 en couleur.

28. — Le Quart de Monde. Suite complète ? de trente-deux pièces en cahier. Belles épreuves.

29. — Quartier de la Boule-Rouge, pl. 1 à 29 et 46 à 51. Trente-cinq pièces en cahier.

30. — Aux Bains de mer — Croquis Parisiens — Au Bal Masqué — A la Campagne — Les Voitures à Paris — Croquis de Carnaval, etc. Quarante-sept pièces. Belles épreuves.

31. — Au Bal Masqué — Fariboles — A la Campagne Modes Parisiennes — Le Carnaval de 1853 — Les Jolies Femmes de Paris, etc. Soixante-dix pièces extraites de diverses séries. Belles épreuves.

Beaumont-Cicéri-Provost

32. — Souvenirs des Journées de Juin 1848. Suite de vingt pièces, incomplète des pl. 2, 3, 5, 6 et 9, soit quinze pièces. Belles épreuves sur chine en 1 vol., in-4° cart.

Berr

33. — L'Amour à Paris. Suite complète de 1 frontispice et vingt pièces en 1 vol. in-4° *cart. illustré de publ.*

Boilly (d'après J.)

34. — *Parlé au portié*, par E. Froment. Très belle épreuve, coloriée.

Bouchot (Frédéric)

35. — Les Bonnes têtes musicales. Suite complète de vingt-trois pièces. Très belles épreuves.

36. — Les Quartiers de Paris. Dix-sept pièces *avant la lettre.*

Bowers (G.) — Caldecott (R.)

37. — *Leaves from a Hunting Journal — Hunting in Hard Times — Canters in Crampshire — Scènes Humoristiques.* Quatre albums in-4° obl., *cart. de publication.*

Caran d'Ache (Emm. Poiré, dit)

38. — Albums 1, 2 et 3 — Bric-à-brac — Fantaisies. Cinq albums brochés.

Caricatures diverses

39. — Caricatures diverses. Vingt-six pièces par Bouchot, Maurisset, G. Janet, etc., épreuves *avant la lettre.*

40. — Planches extraites de *La Caricature.* Vingt-sept pièces *coloriées.*

41. — Scènes de Mœurs. Vingt-huit pièces par Bouchot, H. Emy, Ch. Jacque, Chandellier, Geniole, etc.

42. — Scènes de Mœurs. Quarante-deux pièces, par divers artistes.

43. — Caricatures politiques. Soixante-seize pièces par divers artistes.

N° 84 du Catalogue

44. — Caricatures diverses. — Actualités. - Chargeons les Russes. — Croquis Parisiens, etc. Quatre-vingt-quatre pièces par Cham, de Beaumont, Daumier, Josquin, etc., plusieurs avant la lettre.

45. — Caricatures sur Charles X. Cent trente-trois pièces par Grandville, Decamps, Traviès, Philipon, etc. Belles épreuves, plusieurs rares.

Caricature provisoire (La)

46. — LA CARICATURE PROVISOIRE (1re et 2e série) du n° 1, 1er novembre 1838 au n° 61, 29 décembre 1839 — manque le n° 10. — 3e série, du n° 1, 5 janvier 1840, au n° 55 (les nos 46 à 48 n'existent pas, le numérotage sautant du n° 45 au n° 49), 27 décembre 1840. Deux vol. in-4°, cart.

Caricaturiste (Le)

47. — LE CARICATURISTE, *revue drôlatique du dimanche*. (n° 1, 3 juin 1849, 2e année, au n° 57, 30 juin 1850). Collection complète en 1 vol. in-4°, cart.

Cham (Amédée de Noé, dit)

48. — *Ah! quel plaisir de voyager*. Paris. *Martinet*, s. d. Suite complète de un frontispice et vingt pièces en cahier.

49. — *Album saugrenu. Prédictions pour l'année prochaine*. Paris, *Aubert*, s. d. Suite complète de soixante-quatre pièces dans le *cart. de publication*.

50. — *L'Art d'engraisser et de maigrir à volonté*. — Paris, *Martinet*, s. d. Suite complète de 1 frontispice et vingt pièces en 1 vol. in-4°, *cart. de publication*. Belles épreuves *coloriées*.

51. — *L'Art de réussir dans le Monde*. — Paris, *Martinet*, s. d. Suite complète de 1 frontispice et vingt pièces en 1 alb. in-4°, *cart. de publication*. Belles épreuves *coloriées*.

52. — Le même album.

53. — La Civilisation à la Porte. Seize pièces en 1 vol. in-4°, *cart. de publication*. Belles épreuves. (les nos grattés à la plupart des planches).

54. — *M. Papillon*. — Paris, *Martinet*, s. d. Suite complète de 1 frontispice et vingt pièces en cahier.

N° 119 du Catalogue

55. — *Pincez-moi à la campagne.* — Paris, *Martinet*, s. d. Suite complète de 1 frontispice et vingt-quatre pièces en 1 vol. in-4°, *cart. de publication*. Belles épreuves, coloriées.

56. — *Les Rébus comiques, Folie Générale.* Suite complète de soixante-quatre pièces dans le *cart. illustré de publication.*

57. — Souvenirs de Garnison. Vingt-huit pièces *avant la lettre.*

58. — *Les Tâtonnements de Jean Bidoux dans la Carrière Militaire.* — Paris, *Martinet*, s. d. Suite complète de 1 frontispice et dix-huit planches en cahier.

59. — Les tortures de la Mode. Suite complète de vingt-quatre pièces en 1 alb. broché, *couv. de publication.*

60. — Encore un album — L'Arithmétique — Nouvelles charges — Salmigondis — Grammaire illustrée — Les Grimaces du jour — Allons-y gaiement — La Chronique du jour — Les Chasseurs — Chassepotiana — L'Exposition de Londres — Pantins du jour — L'Age d'argent — Cascadeurs et cascadeuses. Vingt albums brochés.

61. — L'Exposition de Londres — 1867 sur la sellette — Variétés drôlatiques — Le Code civil — Nouvelles pochades — Olla-podrida — Les Echappés de Charenton — Croquis en l'air — Spahis et Turcos — Nouvelles fariboles — Les Courses — Croquades — Soulouque et sa cour — Histoire de plaisanter — Nos grotesques — Les Voyages d'agrément — Cocasserie du jour. Vingt albums brochés.

62. — Miroir du Collégien — Cours de Géométrie — Ces bons Chinois — Nos jeux et nos ris — Croquis d'automne — Calendrier pour 1853 — Fantasia — Les Représentants en vacances — Qu'on se l'demande — Qui veut rire? — La banque Proudhon — Proudhon en voyage — Proudhoniana — Coups de crayon — Leçons de civilité puérile et honnête. Vingt albums brochés.

63. — Paris au crayon — Paris l'été — Paris l'hiver — Courrier de Paris — Paris pour rire — Ces bons Parisiens — Charges parisiennes — Ces diables de Parisiens — Les jolies Parisiennes — Croquis parisiens — Paris aux courses — Au Bal de l'Opéra — Au Bal masqué — En Carnaval — Les Jours gras — Paris s'amuse — Le Corps législatif pour rire — La Bourse illustrée — La Comédie de l'Exposition — Bouffonneries de l'Exposition — L'Exposition pour rire, 1878 — Promenades au jardin d'Acclimatation — Le Musée Campana. Vingt-cinq albums brochés.

64. — Revue comique des Salons de 1851 et de 1853 — Salon de 1857 — Cham aux Salons de 1861, 1863, 1865, 1866, 1867, 1868, 1869, 1870 — Le Salon pour rire, 1874, 1875, 1876, 1877, 1878. Ensemble seize albums brochés.

65. — Une once de bon sang — Emotions de chasse — Mélanges comiques — Cascades dramatiques — En Vacances — Les Comiques sans le savoir — Lantern' magique! — Fariboles

— Croquis de Printemps — Ça vient de paraître! — En Pologne — Un peu de tout — La Saison des eaux — Revue fantaisiste — Les Jolis Chasseurs — La Mascarade parisienne — Macédoine — Mes Marionnettes. Vingt-et-un albums brochés.

66. — Caricatures politiques — Scènes de mœurs. Quinze pièces *avant la lettre*.

67. — Actualités. Deux cent-vingt-huit pièces, un certain nombre coloriées.

Cham, Daumier, Vernier

68. — *Au Bivouac, Croquis militaires.* — Paris, Martinet, s. d. (1859). Suite complète de trente pièces en un alb. broché, *couv. illustrée*.

Damourette (E.)

69. — *Les Chattes parisiennes* — Paris, *A. de Vresse*, s. d. Suite complète d'un frontispice et vingt pièces en un album in-4°, *cart. illustré de publ.*

70. — La même série. Six pièces *avant la lettre*.

71. — *Penseurs et Propos, grand album de caricatures*, Paris, *Martinet*, s. d. Suite de douze pièces en un album in-4°, *cart., de publication*. Belles épreuves, coloriées.

Damourette — Quillenbois

72. — Voulez-vous rire — Les Gueux — Drôleries champêtres. Réunion complète de trente planches. Très belles épreuves dans le *cart. illustré de publication*.

Daumier (Honoré)

73. — Henry Monnier, rôle de Joseph Prudhomme (N. A. Hazard et Loys Delteil, n° 132). Très belle épreuve.

74. — Ici on fait la barbe et la queue proprement (223 RR) 2e état. Très belle épreuve.

75. — Alphabet en deux planches (227 R). Belles épreuves.

76. — Alphabet en deux planches (227 bis RR). Belles épreuves.

77. — Enfoncé les bons gendarmes (201). Belle épreuve.

78. — Le vieux Drapeau (203). Belle épreuve.

79. — Pauvres moutons ah! vous avez beau faire... (217 R). Belle épreuve, coloriée.

80. — L'Esprit frappeur, titre de romance (236 R). Très belle épreuve.

81. — Pauvres hommes !, titre de romance (237 R). Très belle épreuve.

82. — En voilà un... (La Pêche, pl. 7) (362), 1er état, *avant la lettre*, très rare.

83. — Un Alibi (546). 1er état, *avant la lettre*, très rare.

84. — La Lecture des proclamations, pièce inédite (547 RRR). Très belle épreuve d'une planche dont on ne connaît que deux épreuves.

85. — Interdiction du port de la décoration, pièce inédite (548 RRR). Très belle épreuve d'une planche dont on ne connaît que deux épreuves.

86. — Agréments des Chemins de fer (les), 2 pl. (574-575) — Les Chemins de fer, pl. 1 et 3 (1155-1156) — Emotions de chemins de fer. Cinq pièces. Belles épreuves.

87. — Eh ! qu'est-ce qu'il y a de nouveau... (Les Alarmistes et les Alarmés, pl. 5) (584). 1er état, *avant la lettre*, très rare.

88. — M'sieu c'est une lettre... (id. pl. 6) (585), 1er état, *avant la lettre*, très rare.

89. — Je crois qu'on bat le rappel (id. pl. 7) (586). Très rare épreuve du 1er état, *avant la lettre*.

90. — Les Amis (588-596). Suite complète de neuf pièces.

91. — Mon cher ami... (Les Amis, pl. 1) (588). Très rare épreuve du 1er état, *avant la lettre*.

92. — Quelle heureuse rencontre... (id. pl. 2) (589). Rare épreuve du 1er état, *avant la lettre*.

93. — C'est bien parce que c'est votre ami... (id. pl. 7) (594). Très rare épreuve du 1er état, *avant la lettre*.

94. — Mon cher je t'assure... (id. pl. 8) (595). Très rare épreuve du 1er état, *avant la lettre*.

95. — Mais pisque j'vous dis... (id. pl. 9) (596). Très rare épreuve du 1er état, *avant la lettre*.

96. — Les Avocats et les Plaideurs (623-626). Suite complète de quatre pièces.

97. — Les Beaux Jours de la vie (725-825), pl. 22, 25, 27, 33, 38 à 100, soit soixante-six pièces. Belles épreuves.

98. — Un paiement de dividende (Beaux jours de la vie, pl. 56) (780), 1er état, *avant la lettre*, très rare.

99. — Quand on a son portrait... (id., pl. 59) (784), 1er état, *avant la lettre*, très rare.

100. — La Visite à la nourrice (id. pl. 60) (785), 1er état, *avant la lettre*, très rare.

101. — Une maîtresse à l'Opéra (id. pl. 61) (786), 1er état, *avant la lettre*, très rare.

102. — Le jour où il faut... (id. pl. 62) (787), 1er état, *avant la lettre*, très rare.

103. — Une attention délicate (id. pl. 64) (789), 1er état, *avant la lettre*, très rare.

104. — L'Anniversaire du mariage (id. pl. 65) (790), 1er état, *avant la lettre*, très rare.

105. — Un Vainqueur de steeple-chasse... (id. pl. 71) (796), 1er état, *avant la lettre*, très rare.

106. — Un Engagement d'artiste (id. pl. 72) (797), 1er état, *avant la lettre*, très rare.

107. — L'Amateur de melons (id. pl. 73) (798), 1er état, *avant la lettre*, très rare.

108. — Le format de plus en plus... (id. pl. 74) (799), 1er état, *avant la lettre*, très rare.

109. — Le Retour de la foire... (id. pl. 75) (800), 1er état, *avant la lettre*, très rare.

110. — Un chapeau paméla (id. pl. 76) (801), 1er état, *avant la lettre*, très rare.

111. — L'Ami de Collège (Les Bohémiens de Paris, pl. 8) (833). Très rare épreuve du 1er état, *avant la lettre*.

112. — Pique-Assiette (id. pl. 9) (834). Très rare épreuve du 1er état, *avant la lettre*.

113. — Le Préfet de l'Empire (id. pl. 10) (835). Très rare épreuve du 1er état, *avant la lettre*.

114. — Le Protecteur (id. pl. 16) (840). Très rare épreuve du 1er état, *avant la lettre*.

115. — Le Placeur (id. pl. 17) (841). Très rare épreuve du 1er état, *avant la lettre*.

N° 237 du Catalogue

116. — L'Agent d'affaires (id. pl. 18) (842). Très rare épreuve du 1er état, *avant la lettre*.

117. — Le Claqueur (id. pl. 19) (843). Très rare épreuve du 1er état, *avant la lettre*.

118. — Le Tondeur de chiens (id. pl. 21) (845). Très rare épreuve du 1er état, *avant la lettre*.

119. — Le Marchand d'habits (id. pl. 22) (846). Très rare épreuve du 1er état, *avant la lettre*.

120. — Les Bons Bourgeois (857-935). Suite de quatre-vingt-deux pièces (manque les pl. 81 et 82), soit 80 pièces. Très belles épreuves en cahier.

121. — Ces Bons Parisiens (951-960). Suite complète des dix pièces exécutées par Daumier pour cette série. — Les Bons Parisiens (963). Onze pièces, belles épreuves cahier, sauf une.

122. — Les Boursicotières (964-966). Suite complète de trois pièces en cahier.

123. — Caricaturana, pl. 2, 4, 5, 7, 10, 12, 13, 15, 16, 18, 22, 23, 45, 65, 66 et 71, soit seize pièces. Belles épreuves *coloriées*.

124. — Les Comédiens de Société (1166-1181). Suite complète de seize pièces. Très belles épreuves en cahier.

125. — La Comète de 1857 (1182-1191). Suite complète de dix pièces en cahier.

126. — Monsieur Arthur... (Croquades, pl. 2) (1217), 1er état, *avant la lettre*, très rare.

127. — Croquis aquatiques, pl. 1 à 11. (1222-1232). Onze pièces en cahier.

128. — Croquis de Bourse (1254-1259). Suite complète de six pièces en cahier.

129. — Croquis d'été, pl. 2 à 29 et 31 à 44, soit quarante-quatre pièces (le n° 20 répété) en cahier. Belles épreuves (les pl. 12, 21, 22, 41 et 42 sont d'Ed. de Beaumont, les pl. 27 et 35 de Cham, et la pl. 34, de Ch. Vernier).

130. — La même série en même condition, 1 vol. in-4°, *cart. d'édition*.

131. — Croquis d'Expressions, pl. 2, 24, 27, 30, 37 et 40 — Robert-Macaire, 2e série, pl. 4, 5, 7, 8 et 10. Ensemble onze pièces. Belles épreuves.

132. — Croquis dramatiques. Suite complète de quinze pièces en cahier.

133. — Croquis Musicaux. Suite complète de dix-sept pièces, irrégulièrement chiffrée. Belles épreuves.

134. — Croquis Parisiens, neuf pl. à deux sujets par feuille.

135. — Croquis Parisiens, pl. 1 à 13, et 15 à 49, soit quarante-huit pièces (les pl. 18, 20, 22, 24, 26, 27, 45, 47 et 49 sont d'Ed. de Beaumont, la pl. 40, de Cham). Belles épreuves en cahier.

136. — Croquis Parisiens, pl. 24 à 49 en cahier.

137. — Croquis Parisiens. Vingt-deux pièces extraites de séries diverses.

138. — A la santé du raisin (Croquis variés) (1577). Deux épreuves, une du 1er état, *avant la lettre*, très rare.

139. — Voilà une femme... (Les Divorceuses, pl. 2). (1581), 1er état, *avant la lettre*, très rare.

140. — Les Maris ne sont pas... (id. pl. 3) (1582), 1er état *avant la lettre*, très rare.

141. — Oh ! m'sieu l'avocat... (id. pl. 4) (1583), 1er état *avant la lettre*, très rare.

142. — Toast porté à... (id. pl. 5) (1584), 1er état *avant la lettre*, très rare.

143. — Emotions de chasse, 2e série (1608-1626). Suite de vingt-deux pièces (dont 19 par Daumier), incomplète des pl. 4 et 5 (par E. de Beaumont ?), soit vingt pièces. Belles épreuves en cahier.

144. — Emotions Parisiennes. Suite complète de cinquante pièces. Belles épreuves en 1 vol. in-4°, *cart. de publication*.

145. — C'est embêtant !... (Emotions parisiennes, pl. 29) (1658), 1er état, *avant la lettre*, très rare.

146. — Nouveau parapluie... (id. pl. 33) (1662). Deux épreuves, une du 1er état, *avant la lettre*, très rare.

147. — Pour lors c'est nous... (id. pl. 37) (320). 1er état, *avant la lettre*, très rare.

148. — Enfantillages (1702-1707). Suite complète de six pièces.

149. — L'Exposition des Animaux (1740-1744). Suite complète de six pièces (la pre est de Cham). Belles épreuves en cahier.

150. — L'Exposition Universelle (1745-1785). Suite de quarante-et-une pièces, irrégulièrement chiffrées. Très belles épreuves en cahier.

151. — Les Faiseurs d'affaires (1786-1788). Suite complète de trois pièces en cahier.

152. — Oui, ma chère... (Femmes socialistes, pl. 5) (1794) 1er état, *avant la lettre*, très rare.

153. — Une nouvelle alarmante (id) (1800) planche inédite. Deux épreuves connues.

154. — La Veuve en visite (id) (1801), planche inédite. Deux épreuves connues.

155. — La Fluidomanie (1811-1822). Suite complète de douze pièces.

156. — Les Gens de justice (1848-1886). Suite de trente-neuf pièces, incomplète des pl., 35 à 39, soit trente-quatre pièces en cahier.

157. — Et parlant à sa portière... (Les Gens de justice, pl. 10) (1857) 1er état, *avant la lettre*, très rare.

158. — Oui, on veut dépouiller... (id. pl. 11) (1858) 1er état, *avant la lettre*, très rare.

159. — Et dire que voilà... (id. pl. 12) (1859) 1er état, *avant la lettre*, très rare.

160. — Mon cher que voulez-vous... (id. pl. 13) (1860) 1er état, *avant la lettre*, très rare.

161. — Dites donc, confrère... (id pl. 14) (1861) 1er état, *avant la lettre*, très rare.

162. — Vous aviez faim... (id. pl. 15) (1862) 1er état, *avant la lettre*, très rare. 60

N° 214 du Catalogue

163. — Les Gens de justice, pl. 23 à 25, 28, 29, 32, 38. Sept pièces, coloriées.

164. — Les Hippophages (1891-1900). Suite de dix pièces chiffrées de 2 à 4 et de 8 à 13 — Un repas d'hippophages (2718), soit onze pièces. Belles épreuves en cahier.

165. — Histoire ancienne (1901-1950) Suite complète de cinquante pièces. Belles épreuves coloriées, dans le *cart. de publication* (débroché).

166. — Idylles parlementaires (1951-1966). Suite complète de seize pièces.

167. — Locataires et Propriétaires 1re série (2010-2041). Suite de trente-deux pièces, incomplète des pl., 29 à 32, soit vingt-huit pièces. Très belles épreuves en cahier.

168. — Locataires et Propriétaires, 2e série (2045-2055). Suite complète de onze pièces. Belles épreuves en cahier.

169. — Locataires et Propriétaires, 3e série (2056-2061). Suite complète de six pièces. Belles épreuves en cahier.

170. — La même série en même état.

171. — Messieurs les Bouchers (2064-2066). Suite complète de trois pièces.

172. — Messieurs les cochers (2067) — Messieurs les concierges (2068) — Les Portiers de Paris (2400) — Portiers de Paris, 2e série, pl. 1 et 2 (2401-2402). Cinq pièces. Belles épreuves.

173. — Mœurs conjugales. Suite complète de soixante pièces. Belles épreuves coloriées, dans le *cart. de publication* (débroché).

174. — Je te le dis toujours.... (Mœurs conjugales, pl. 24) (2091), 1er état, *avant la lettre*, très rare.

175. — Arthur, vous m'aviez promis... (id. pl. 36) (2099), 1er état, *avant la lettre*, très rare.

176. — Mœurs conjugales, pl. 3, 6, 8, 9, 22, 28, 35, 36, 39, 40, 46, 48, 53, 56 et 57. Quinze pièces, plusieurs coloriées.

177. — Le Régulateur (Monomanes, pl. 5) (2128) 1er état, *avant la lettre*, très rare.

178. — Le Chasseur parisien (id. pl. 6) (2129), 1er état, *avant la lettre*, très rare.

179. — Le Malade imaginaire (id. pl. 7) (2130), 1er état, *avant la lettre*, très rare.

180. — L'Amateur de café (id. pl. 8) (2131), 1er état, *avant la lettre*, très rare.

181. — *Panorama comique, par Daumier, 36 Sujets. — Coquetterie — Silhouettes — Monomanes — Scènes grotesques — Sentiments et passions.* — Paris, *L. Pannier*, s. d. Bel exempl., *cart. de publication.*

182. — Les Papas (2143-2165). Suite de vingt-trois pièces, incomplète des pl., 20 à 23. Dix-neuf pièces en cahier.

183. — Oui, citoyen.... (Les Parisiens en 1848, pl. 3) (2181), 1er état, *avant la lettre*, très rare.

184. — Ouvrier et Bourgeois (id.), planche inédite. Deux épreuves connues. Très belle épreuve.

185. — Les Parisiens en 1852 (2185-2195). Suite complète de onze pièces.

186. — Paris l'été, 1 pl. (2197) — Paris l'été, suite de trois pièces (2198-2200) — Paris l'été, 1 pl. (2201). Cinq pièces. Belles épreuves.

187. — Plus souvent.... (Paris l'hiver, pl. 4) (2205), 1er état, *avant la lettre*, très rare.

188. — Le thermomètre... (id. pl. 5) (2206), 1er état, *avant la lettre*, très rare.

189. — Paris qui boit (2209-2214), suite complète de six pl. — Paris qui mange (2215). Ensemble sept pièces. Belles épreuves en cahier.

190. — Pastorales (2216-2265). Suite complète de cinquante pièces. Belles épreuves en cahier.

191. — Ah ! saperlotte.... (Pastorales, pl. 4) (2219), très rare épreuve du 1er état, *avant la lettre*.

192. — Est-ce que votre mari .... (id. pl. 5) (2220), très rare épreuve du 1er état, *avant la lettre*, la légende *manuscrite*.

193. — Un Monsieur qui a voulu... (id. pl. 6) (2221), 1er état, *avant la lettre*. Très rare.

194. — Mon greffe d'un cerisier.... (id. pl. 7) (2222), 1er état, *avant la lettre*. Très rare.

195. — On peut conduire... (id. pl, 8) (2223), 1er état, *avant la lettre*. Très rare.

196. — Voyageur, votre passeport ? (id. pl. 9) (2224) 1er état *avant la lettre*. Très rare.

197. — Le Danger de vouloir... (id. pl. 10) (2225), 1er état. *avant la lettre*. Très rare.

198. — Danger de se trouver... (id. pl. 12) (2227), 1er état, *avant la lettre*. Très rare.

199. — Et dire que c'est,.. (id. pl. 14) (2229), 1er état, *avant la lettre*. Très rare.

200. — Comment trouvez-vous... (id. pl. 15) (2230), 1er état, *avant la lettre*. Très rare.

201. — Comme quoi au village... (id. pl. 16) (2231), 1er état, *avant la lettre*. Très rare.

202. — Désagrément de dîner... (id. pl. 17) (2232), 1er état, *avant la lettre*. Très rare.

203. — Allons bon !... voila... (id. pl. 18)(2233), 1er état, *avant la lettre*. Très rare.

204. — Que nous sommes bêtes. — (id. pl. 19) (2234), *avant la lettre*. Très rare.

205. — Ouf ! je ne me serais... (id. pl. 20) (2235), 1er état, *avant la lettre*. Très rare.

206. — L'Eau est délicieuse... (id. pl. 21) (2236), 1er état, *avant la lettre*. Très rare.

207. — J'vous dis que... (id. pl. 22) (2237), 1er état, *avant la lettre*. Très rare.

208. — Dis-donc ma femme...(id. pl. 23) (2238), 1er état, *avant la lettre*. Très rare.

209. — Ah ! saperlotte !... (id. pl. 24) (2239), 1er état, *avant la lettre*. Très rare.

210. — C'est ta faute ma femme... (id. pl. 25) (2240), 1er état, *avant la lettre*. Très rare.

211. — Ah! Ciel, maman... (id. pl. 26) (2241), 1er état, *avant la lettre*. Très rare.

212. — Ah! Gringalet d'Paris... (id. pl. 27) (2242), 1er état, *avant la lettre*. Très rare.

213. — Ah! Ciel voila... (id. pl. 23) (2243), 1er état, *avant la lettre*. Très rare.

214. — Ce qu'on appelle... (id. pl. 29) (2244), 1er état, *avant la lettre*. Très rare.

215. — Au secours... (id. pl. 30) (2245), 1er état, *avant la lettre*. Très rare

216. — Les Philantropes du jour, pl. 7, 14, 24 à 34. Treize pièces. Belles épreuves.

217. — Monsieur... voici... (Les Philantropes du jour, pl. 24) (2296), 1er état, *avant la lettre*, très rare.

218. — Oui, mon cher monsieur Badoulard... (id. pl. 27) (2299). Deux épreuves, une du 1er état, *avant la lettre*, très rare.

219. — Monsieur par suite de la fusion... (id., pl. 34), (2306), 1er état, *avant la lettre*, très rare.

220. — Physionomie de l'Assemblée (2307-2337). Suite de trente-et-une pièces, incomplète de la pl. 31, soit trente pièces en cahier.

221. — La même série, pl. 5 et 9 à 21. Quatorze pièces.

222. — J'ai vu Seigneur... (Physionomies tragico-classiques, pl. 1) (2350), 1er état, *avant la lettre*, très rare.

223. — Pour qui sont... (id. pl. 2) (2351), 1er état, *avant la lettre*, très rare.

224. — Je pars plus amoureux... (id. pl. 4) (2353), 1er état, *avant la lettre*, très rare.

225. — Physionomies tragiques (2364-2373), suite complète de dix pièces — Physionomies tragiques 2e série, une planche unique (2374). Ensemble onze pièces. Belles épreuves.

226. — La Pisciculture (2375-2380). Suite complète de six pièces en cahier.

227. — Les Plaisirs de la villégiature (2384-2391). Suite complète de huit pièces. Belles épreuves.

228 — La Potichomanie (2405-2412). Suite de huit pièces, incomplète des pl. 3 et 5, soit six pièces. Belles épreuves en cahier.

229. — Professeurs et moutards (2413-2444). Suite complète de trente-deux pièces en cahier. Très belles épreuves.

230. — Le Public du Salon (2462-2472). Suite complète de onze pièces, numérotées de 1 à 6, 8 à 10, 12 et 13. Très belles épreuves en cahier.

231. — Les Raisins malades (2486-2492). Suite complète de sept pièces.

232. — *Les Représentants représentés* (Assemblée Constituante et Assemblée Législative). Soixante-dix-huit pièces (sur 89 pl.) en un vol. in-4° cart. Belles épreuves.

233. — Académiciens travaillant au Dictionnaire (Revue caricaturale, pl. 25) (2493), 1er état, *avant la lettre*, très rare.

234. — Académie des Femmes (id. pl. 33) (2494), 1er état, *avant la lettre*, très rare.

235. — Salon de 1857 (2517-2523). Suite complète de sept pièces en cahier.

236. — Ton mari ne veut pas... (Scènes familières, pl. 2) (2533), 1er état, *avant la lettre*, très rare.

237. — Regrets (id.) (2534), planche inédite. Deux épreuves connues.

238. — Scènes parisiennes, 1re série (2541-2543) — 2e série (2544-2545). Deux suites complètes, soit cinq pièces. Belles épreuves en cahier.

239. — Voici ce qu'on vous envoie .. (Scènes parlementaires, pl. 6) (435), 1er état, *avant la lettre*, très rare.

240. — La Famille de l'électeur (id. pl. 7) (2550), 1er état, *avant la lettre*, très rare.

N° 283 du Catalogue

241. — Le Portier en visites... (Silhouettes, pl, 5) (376). Très belle et très rare épreuve du 1er état, *avant la lettre*.

242. — Société d'Acclimatation (2560-2569). Suite complète de dix pièces en cahier.

243. — Souvenirs du Congrès de la Paix (2561-2576). Suite de six pièces (manque la pl. 6). Cinq pièces en cahier.

244. — Tout ce qu'on voudra, pl. 1 à 30, 39, 59 et 63. Trente-trois pièces.

245. — Tout ce qu'on voudra, série non numérotée (2660-2677). Suite complète de dix-huit pièces. Belles épreuves en cahier.

246. — La même série. Quatorze pièces sur dix-huit. Belles épreuves.

247. — Jeune ou vieille garde. (Tout ce qu'on voudra, pl. 52). (2637), 1er état, *avant la lettre*, très rare.

248. — Au restaurant à 32 sous (id. pl. 53) (2638), 1er état, *avant la lettre*, très rare.

249. — Vue d'une antichambre... (id. pl. 60) (2645), 1er état, *avant la lettre*, très rare.

250. — La Tragédie (2678-2680). Suite complète de trois pièces. Belles épreuves.

251. — Les Trains de plaisir (2681-2695). Suite complète de quinze pièces.

252. — Types Parisiens. Suite complète de cinquante pièces. Très belles épreuves de 1er tirage en 1 vol. in-4°, *cart. de publication*.

253. — *Variétés drôlatiques, par Daumier. — Vulgarités. — Les Musiciens de Paris. — Proverbes de famille. — Proverbes et Maximes. — La Pêche. — La Journée du Célibataire. — Les Saltimbanques.* — Paris, *L. Pannier*, s. d. Réunion complète de cinquante pièces dans la *cart. de publication*. Bel exempl.

254. — Voyage en Chine (2719-2750), pl. 14, 17 et 19 à 32. Seize pièces.

255. — Le 1er Jour de l'An (Voyage en chine, pl. 25) (2743), 1re état, *avant la lettre*, très rare.

256. — Un Coléoptèqe chinois (id. pl. 26) (2744) 1er état, *avant la lettre*, très rare.

257. — Manière chinoise... (id. pl. 32) (2750) 1er état, *avant la lettre*, très rare.

258. — Et dire que Proud'hon (Actualité, pl. 184) (2890) 1er état, *avant la lettre*, très rare.

259. — Bas-Bleus (id. pl. 52) 1er état, *avant la lettre*, très rare.

260. — Inconvénient d'acheter... (id. pl. 130) (3531), 1er état, *avant la lettre*, très rare.

261. — Oui, Madame Chifflard... (id. pl. 215) (3546) 1er état, *avant la lettre*, très rare.

262. — Actualités, pl. 4, 32, 37, 117 à 200, 257 à 290, 292 à 340, 343 à 345, 347 à 376, 378 à 506, 508 à 561, 563 à 588, soit trois cent cinquante pièces réunies en huit albums cart. Belles épreuves.

263. — Actualités, pl. 35 à 38, 43, 55 et 59, relatives aux *Ballons*. Sept pièces.

264. — Actualités (Politiques). Soixante-seize pièces. Belles épreuves.

265. — Actualités (Scènes de mœurs). Quarante-quatre pièces. Belles épreuves.

266. — Scènes conjugales. — Croquis variés. — Ces bons bourgeois. — Le Carnaval de 1858. — Au Bal masqué. — Croquis Equestres. — Les Habitués des cafés. — Les Spéculateurs. Neuf séries projetées dont il n'a été publié qu'une planche, soit neuf pièces. Belles épreuves.

267. — Physionomies du Palais de Justice — Scènes conjugales — Soirées parisiennes — Croquis de théâtre — Croquis équestres — Flagorneries commerciales — Emotions champêtres — Emotions de voyage — Fantaisies. Neuf séries projetées dont il n'a été publié qu'une planche, soit neuf pièces. Belles épreuves,

268. — Ces bons bourgeois — Ces bons Parisiens — Les bons bourgeois. Quatorze pièces.

269. — La Comédie humaine — Scènes Parlementaires — Scènes de la vie de province — Scène d'atelier — Pratique des marchands de Paris — Les Provinciaux à Paris — Les Plaisirs de la campagne. Dix-sept pièces. Belles épreuves.

270. — Baigneurs — Bons bourgeois — Bas-Bleus — Types Parisiens, etc. Dix-huit pièces. Belles épreuves.

271. — Croquades, 2 pl. — Scènes familières, 2 pl. — Croquis dramatiques — Paris. Douze pièces.

272. — Croquis aquatiques, 13 pl. — Croquis d'Été, 7 pl. — Croquis d'automne, 6 pl. Ensemble vingt-six pièces. (4 pl. par E. de Beaumont), Belles épreuves.

273. — Croquis Parisiens — Raisins malades — Croquis d'hiver — Croquis de chasse, etc. Trente-quatre pièces.

274. — Œuvres diverses. Soixante-seize pièces.

Daumier, Cham, Vernier, de Beaumont

275. — Croquades politiques, pl. 1 à 31. Trente et une pièces en cahier.

276. — Croquis du jour, pl. 1 à 30. Trente pièces en cahier.

Emy (Henry)

277. — Paris l'été. Suite complète de douze pièces en cahier.

Forain (J. L.), **Léandre** (C), **Bac, Gerbault**

278. — Les Temps difficiles — Nocturnes — Femmes de théâtre — Nos Femmes, etc. 7 alb. broc.

Gavarni

279. — Affiches illustrées (M. et E. B. 998-1003). Suite complète de six pièces, sur chine.

280. — La même suite. Belles épreuves.

281. — Balivernerics parisiennes (1004-1023, 1680-1683). Suite complète de vingt-quatre pièces. Très belles épreuves sur chine.

282. — La même série, (incomplète de la pl. 8).

283. — Carnaval (1024-1075, 1705-1708, 2223). Suite complète de cinquante pièces. Très belles épreuves sur chine réunies en cahier.

284. — La même série. Belles épreuves en cahier.

285. — Le Carnaval à Paris (247, 306, 251-257, 398-422, 916, 924, 930). Suite complète de quarante pièces. Belles épreuves coloriées, *cart. d'édition.*

286. — Chemin de Toulon (1069-1075, 1709-1711). Suite complète de dix pièces. Belles épreuves sur chine, en cahier.

287. — Les Enfans terribles (273, 565-613). Suite complète de cinquante pièces y compris le frontispice. Belles épreuves *coloriées*, dans le *cart. de publication.*

288. — Faits et gestes du propriétaire (1081-1086). Suite complète de six pièces. Très belles épreuves sur chine.

289. — La même suite. Belles épreuves.

290. — Gentilshommes bourgeois (1087-1089). Suite complète de trois pièces. Belles épreuves sur chine.

291. — La même suite. Belles épreuves.

292. — Impressions de Ménage (2e série) (1090-1128). Suite complète de quarante pièces (le n° 1 figurant 2 fois avec deux pl. diff. l'une fort rare). Epreuves sur chine.

293. — La même série. Suite complète de trente-neuf pièces.

294. — La même série, pl. 2 à 14 en cahier.

295. — Des Mères de Famille (1076-1080). Suite complète de cinq pièces, sur chine.

296. — **La même série. Belles épreuves.**

297. — Le Parfait créancier (1130-1139). Suite complète de dix pièces. Très belles épreuves sur chine, sauf une.

298. — La même série, incomplète de la pl. 10. Belles épreuves.

299. — Paris le matin (902-913) — Paris le soir (914-933, etc.). Suites complètes, soit trente-sept pièces en 1 album in-4°, *carte de publication*. Belles épreuves, *coloriées*.

300. — Souvenirs du Bal Chicard (2272-2291). Suite complète de vingt pièces. Très belles épreuves *coloriées*, dans le *cart. de publication* (débroché).

301. — La Vie de jeune homme, 300-313-317, 971-997). Suite complète de trente-six pièces en 1 vol. in-4°, *cart. de publication*. Très belles épreuves.

302. — Masques et Visages : Piano, 10 planches — Histoire de politiquer, 30 pl. — Le Manteau d'Arlequin, 10 pl. — Bohêmes, 20 pl. — Les Petits mordent, 10 pl. — Propos de Thomas Vireloque, 20 pl. — La Foire aux Amours, 10 pl. — Etudes d'Androgynes, 10 pl. — Les Lorettes vieillies, 30 pl. — Les Parents terribles, 20 pl. — Les Invalides du Sentiment, 30 pl. — Messieurs du Feuilleton, 9 pl. — Manière de voir des Voyageurs, 10 pl. — Les Anglais chez eux, 20 pl. (la pl. 10 manque, la pl. 11 est double) — L'Ecole des Pierrots, 10 pl. — Les Partageuses, 40 pl. — Histoire d'en dire deux, 10 pl. — Les maris me font toujours rire, 30 pl. Ensemble trois cent vingt-neuf pièces réunies en sept volumes grand in-4° *cart de publication* (deux planches sont remontées).

303. — Masques et Visages : Les Lorettes vieillies (1368, 1386, 1776-1786), pl. 1 à 20. Belles épr. en deux cahiers, *couv. de publication*.

à acheter bon marché

304. — MASQUES ET VISAGES. Par-ci, par-là (1800-1849). Suite complète de cinquante pièces en 1 vol. gr. in-4°, cart de publication. Belles épreuves.

305. — MASQUES ET VISAGES : Les Partageuses, pl. 11 à 30 (1446-1465) Ce qui se fait dans les meilleures sociétés (1277, 1757-1765), suite complète de 10 pl. Ensemble trente pièces en deux albums in-4° broch., *couv. de publication*.

Douteux si à racheter ?

101

306. — Masques et Visages : Physionomies parisiennes (1850-1890). Suite complète de cinquante pièces en 1 vol. petit in-fol., cart. de publication (débroché).

307. — *Album des Gens du Monde, 20 lithographies, par Gavarni. Savoir : Les Transactions, 7 dessins — Les traductions en langue vulgaire, 5 dessins — Rien n'est bien, 2 dessins — Le Dimanche, 3 dessins. — Les Muses, 3 dessins,.* — Paris, *L. Pannier*, 1843. Bel exemp. *cart. de public.*

308. — *Grand album Gavarni, 40 des plus jolies caricatures de Gavarni — La Campagne — Les Plaisirs champêtres — Le Chevalier de Nogaroulet — Revers de Médailles — Interjections — Industrie des Enfants — Les Phrases — Les Rêves — La Politique.* Paris, *Beauger*, s. d. Réunion complète en 1 vol., in-4°, *cart. de publication.* Très belles épreuves.

309. — *Musée Gavarni, 28 lithographies. Savoir : Les Martyrs — Un couplet de Vaudeville — Croquis fantastiques — M. Loyal... — Les Artistes — Camaraderies — Caricatures de Modes* — Paris. *L. Pannier*, 1843. Belle épreuve, en 1 vol in-4°, *cart. de publication.*

310. — Œuvres choisies de Gavarni, notices par Th. Gautier, Lireux, Gozlan, etc. — Paris, *Hetzel*, 1846-1848, 4 vol. in-8°, frontispices et 320 planches d'après les lithographies de Gavarni, par Laveille, Verdeil, Rouget, etc. (2 tomes sont brochés, les autres sont dans le cart. de publication.

311. — *Souvenirs du Carnaval, par Gavarni, 25 planches (Souvenirs du Carnaval — Les Bals masqués — Costumes historiques)* — Paris, *L. Pannier*, s. d. Album complet. Très belles épreuves en 1 vol in-4°, *cart. d'édition.*

312. — Œuvres diverses. Soixante-six pièces.

Géniole (Alfred-André)

313. — Les Femmes de Paris. Suite de trente pièces, incomplète des pl. 14 et 22, soit vingt-huit pièces en 1 vol. in-4°, cart. d'addition. Belles épreuves.

Girin

314. — *Mœurs moscovites*, Paris, *A. de Vresse*, s. d. Suite complète de 1 frontispice et dix-huit pièces en album in-4° obl., *cart. de publication.*

315. — *Le Parisien hors de chez soi* — Paris, au *Journal pour Rire*, s. d. Suite complète de vingt-cinq pièces et *couv. de publication.*

Grandville

316. — Caricatures politiques — Scènes de mœurs — Titres de romances — Illustrations. Cent vingt pièces y compris plusieurs bois, avec texte au verso, réunies en un vol. in-4°, dem. rel.

Guillaume (Albert)

317. — P'tites Femmes — Mes Campagnes — Mémoires d'une glace — Des Bonshommes, 1re et 2e séries. Ensemble cinq albums.

Leprince (A. Xavier)

318. — Inconvénients d'un voyage en diligence. Suite complète de douze pièces. Belles épreuves *coloriées.*

319. — Les Parades. Suite complète de douze pièces. Très belles épreuves, coloriées.

Madou (J. B.)

320. — *Etrennes pittoresques, 40 rébus lithographiés d'après les dessins de Madou, publiés par Dero-Becker.* Suite complète d'un frontispice et quarante pièces (la pl. 13 en deux états) dans la *cart. de publication.* (Une pl., *Le nain Stratton*, par H. Emy, ajoute).

Marlet (Jean-Henri)

321. — Tableaux de Paris. Trente pièces (sur 72) avec feuilles explicatives. Belles épreuves en un vol. in-4° obl., cart. brad. coins.

Monnier (Henry)

322. Les Grisettes (vers 1828 — Delpech). Suite complète de six pièces. Belles épreuves, *coloriées*.

323. — Mœurs administratives. Suite complète de six pièces. Très belles épreuves, coloriées.

Morin (Edmond)

324. — *Ces bons Parisiens* — Paris, *A. de Vresse*, s. d. Frontispice et dix-neuf pièces.

Philipon (Charles)

325. — Les Ridicules, n°s 1005, 1006, 1007, 1009 et 1031 — Les Amours du Bon Ton, pl. 2, 9 et 12, soit huit pièces. Belles épreuves coloriées.

326. — Souvenir d'Amourette, pl. 1 à 4, coloriées.

327. — Amourettes, pl. 14 — Scène parisienne, pl. 1, 2 et 6 — Croquis d'un flaneur, pl. 1 et 6 — Epoux parisiens, pl. 1 à 4, soit dix pièces. Belles épreuves coloriées.

Pigal (Edme-Jean)

328. — Mœurs parisiennes, pl. 3, 5, 9, 10, 14, 16 à 19, 27, 32, 37, 39, 41 à 43, 48, 52, 54, 56 à 58, 60 à 64, 66, 67, 70 à 72. Trente-deux pièces *coloriées*.

329. — Scènes populaires, pl. 1, 2, 7, 11, 12, 17, 18, 21 à 23, 30, 33, 35 à 38, 42, 46, 49 et 50. Vingt-et-une pièces coloriées.

330. — Scènes de Société, pl. 1, 2, 6 à 8, 10, 13, 14, 18, 19, 25, 32, 34, 35, 40, 46 et 50. Dix-sept pièces, *coloriées*.

331. — Proverbes — Sujets divers. Douze pièces, la plupart *coloriées*.

N° 345 du Catalogue

Platier (Jules)

332. — Les Amants célèbres — Le Bureau du Commissaire de Police — Les Grisettes — Les Restaurants de Paris — Physiologie du Portier, etc. Trente-et-une pièces. Belles et très rares épreuves, *avant la lettre.*

Pruche

333. — Caricatures diverses. Vingt-et-une pièces, six *avant la lettre.*

Pruche, Platier, Plattel

334. — Scènes de mœurs. Cent soixante-sept pièces par Pruche, Platier, Plattel, A. Provost, Quillenbois, etc.

Quillenbois (Ch. M. de Sarcus, dit)

335. — Caricatures diverses. Quinze pièces *avant la lettre.*

Quillenbois, Randon, Damourette

336. — *Les Annonces comiques suivies des Vertus domestiques.* Paris, *H. Gache*, s. d. Suite de trente pièces, numérotées de 31 à 60, en 1 vol., in-4, *cart. illustré de publication.*

Randon (G.)

337. — Ah quel plaisir d'être soldat !! — Paris, *Journal Amusant*, s. d. — 1 alb. in-8° couv. de publ.

338. — *Messieurs nos Fils et Mesdemoiselles nos Filles* — Paris, *Martinet*, s. d. Suite complète de 1 frontispice et vingt pièces en cahier.

339. — *Les petites Misères* — Paris, *Martinet*, frontispice et suite de vingt planches en cahier. Belles épreuves, coloriées.

Recueils

340. — Paris-Caprice (tome 1 à 5). 3 vol., in-4 cart.
341. — Petit Journal pour rire (du n° 1 au n° 350). Sept vol. petit in-4°, cart.

Roubaud (Benjamin)

342. — Panthéon Charivarique : Rossini — Alph. Kar. G. Planche — Balzac — Th^le Gautier — Gavarni — Daumier — Philipon — Delacroix Gigoux, etc. Cinquante-quatre pièces. Très belles épreuves en cahier.

Scheffer, Pajou, Traviès, de Valmont, Wattier

343. — La Vie d'un artiste — Doubles visages — Les Arts et la décence — Scènes de mœurs. Vingt-quatre pièces. Belles épreuves, coloriées.

Topffer père et fils

344. — Histoire de M. Pencil — Histoire d'Albert — Paris *Garnier frères*, s. d. (1860). Deux albums in-8° obl., en cahier, *couv. de publication.*

Traviès (Charles Joseph).

345. — Comment on dîne à Paris. Vingt-cinq pièces. Très belles et très rares épreuves *avant la lettre.*

346. — *Promenades Parisiennes par Traviès. 32 Lithographies. Savoir : Barrières de Paris, 8 pl — Robert Macaire et Mayeux, 6, pl. — Physionomies de Paris, 8 pl. — Les rues de Paris, 10 pl.* Paris, *L. Pannier*, 1843. Album complet. Belles épreuves en 1 vol., in-4° cart. *cart d'édition.*

347. — Tableau de Paris, pl. 1 (2 var), 6, 9, 11, 13, 15. Sept pièces coloriées.

348. — La Vie littéraire. Vingt pièces du 1er état, *avant la lettre.*

349. — Scènes bachiques, 7 pl. — Scènes de Mœurs, 4 pl. — Physionomie de Paris, 2 pl., soit treize pièces, dont quatre du 1er état, *avant la lettre.*

350. — Comme on dîne à Paris. — Les Monologues — Les Rues de Paris, etc. Dix-huit pièces.

Vernier (Charles)

351. — Les Agaçants et les agacés. Suite complète de seize pièces. Belles épreuves en cahier.

352. — Au Bal de l'Opéra. Suite de vingt-quatre pièces en cahier.

353. — La Crinolomanie. Suite de quarante-cinq pièces (manque les pl. 16 et 19), soit quarante-trois pièces. Belles épreuves en 1 volume in-4° *cart. de publication.*

354. — Croquis militaires, pl. 1 à 15 et 42 à 49. Vingt-trois pièces en cahier.

355. — La même série. Six pièces du 1er état, *avant la lettre.*

356. — Du jour au lendemain. Suite complète de huit pièces en cahier.

357. — Être et paraître, pl. 1 à 16 et 19. Dix-sept pièces en cahier.

358. — Les Grisettes. Suite complète de trente-huit pièces. Belles épreuves en cahier.

359. — La même série. Onze pièces du 1er état, *avant la lettre.*

360. — Nos Troupiers en Orient, 1re Série, pl. 1 à 43 — 2e série, pl. 1 à 28 (le n° 2 répété), et 31 à à 40. (Les pl. 33 à 43 de la 1re série sont doubles et intercalées dans la seconde), soit ensemble quatre-vingt-treize pièces en deux albums in-4°, *cart. d'édition.*

361. — *Nos Troupiers en Orient, album de 40 lithographies* — Paris, au *Charivari*, s. d. — 1 album in-4°, couverture de publication (mal conservé).

362. — Le Pays Latin, pl. 1 à 4, 7 à 10, 13, 15 et 21. Dix-sept pièces en cahier.

363. — Physionomie des bals publics. Six pièces. Très belles et très rares épreuves *avant la lettre.*

364. — Physionomie des bals publics, pl. 10 à 24, soit quinze pièces en cahier. Belles épreuves.

365. — Le Quadrille des Lanciers. Suite de huit pièces en cahier.

366. — *La Rigolbochomanie, Croquis Lithographiques et Chorégraphiques* — Paris, *Martinet*, s. d. Suite complète de 1 frontispice et trente planches en 1 alb. in-4° broché, *couv. de publication.*

367. — Scènes commerciales, pl. 1 à 7 en couleur.

368. — Les Soirées Parisiennes, 5 pl. — Les Fêtes champêtres, 4 pl. Neuf pièces.

369. — Les Troupiers français. Suite complète de cinquante pièces en 1 vol. in-4°, *cart. de publication.* Bel exempl.

370. — Les Vacances, pl. 1 à 12 en cahier.

371. — Actualités. Soixante-sept pièces.

372. — Le Carnaval de 1853 — Les Mois de l'année — Au Bal de l'Opéra — Lunettes, lorgnons et lorgnettes, etc. Trente-six pièces extraites de diverses séries. Belles épreuves.

373. — Les Etudiants en vacances, pl. 1 à 6 et 9 à 12. — Au Quartier Latin, frontispice et quinze pl. — Le Dictionnaire illustré et le Dictionnaire de l'Académie, 21 pl. Ensemble quarante-six pièces.

374. — Caricatures diverses. Cent quatre-vingt-cinq pièces.

375. — Sous ce numéro, il sera vendu quelques albums ou estampes non catalogués.

IMPRIMERIE
FRAZIER-SOYE
153, rue Montmartre
PARIS

~~Vente des 3-4 et 5 Décembre 1903.~~

Catalogue

de la

Collection d'estampes

formée par

J. L. Soulavie

(1783–1811).

Ier partie

dont la

vente aura lieu à

l'Hôtel Drouot — Salle n° 7

les jeudi 2, Vendredi 3 et Samedi 4 décembre 1903

par le ministère de

M. Maurice Delestre Commissaire priseur,

assisté de

M. Loys Delteil, [illegible]

[illegible]

22, RUE DES BONS-ENFANTS

32 AS

302

19

TS

A 60

www.ingramcontent.com/pod-product-compliance
Ingram Content Group UK Ltd.
Pitfield, Milton Keynes, MK11 3LW, UK
UKHW021951260726
13994UKWH00004B/1667